미움도 사랑이었음을

이동백 제2시집

시음사
시사랑음악사랑

프롤로그

어느 날 문득 살아온 삶을 풀어내고 싶은 강렬한 생각에 글쓰기를 시작한 지 어느덧 12년째로 접어드는 세월, 고희에 이르고 보니 이미 옛날 사람이라는 생각이 듭니다.
비록 몸은 늙어 가지만 영혼까지 늙고 싶지 않아 인터넷, SNS 등을 접하며 생각의 불을 끄지 않으려고 애를 써봅니다.

시대적 배경이 그러하듯이 파란만장한 삶을 살아오면서 수많은 변곡점에서 우여곡절을 겪으며 살아낸 날들을 떠올려보면 한평생이 짧은 듯 느낄 수도 있지만 어쩌면 길고 긴 여정인가 하는 생각을 하면서 어느 노래 가사처럼 청춘으로 돌아가라 하면 다시는 가지 않으리라는 그 말은 저만의 이야기는 아마도 아닐 것입니다.

나름 많은 책을 섭렵하려고 노력하며 문학이라는 장르에 빠져들게 된 무지렁이가 눈을 더 크게 떠보려고 문학기행을 수없이 다니던 중 평사리 최참판댁, 박경리 문학관을 둘러보면서 문학의 위대함에 마음속의 꿈틀거림을 느낄 수 있었고 특히 최근, 비극이 담긴 처절한 시대적 삶의 이야기를 진솔한 작가의 영혼으로 섬세하게 풀어낸 글의 힘은 노벨문학상이란 쾌거를 우리나라에 선사한 '한강, 작가, 스웨덴 스톡홀름에서 진행된 수상식과 수상소감을 보고 들으며 감동을 받았습니다.

'한강, 작가의 노고에 경의를 표하고 축하를 아끼지 않으며 무지렁이인 제가 쓴 글이 알지 못하는 누군가에 의하여 인터넷 블로그, 카페에 돌아다니고 유튜브에 올려진 낭송시가 1000회 이상의 조회 수를 보면서 신기하기도 하거니와 흐뭇한 마음이 드는 것은 시인이라는 자부심일 런지도 모릅니다.

"한강" 작가의 역사적 진실을 진솔한 영혼으로 그려낸 소설이 전 세계의 문학계를 흔들 때 또 계엄이 선포되었다 해제되는 사태로 온 나라가 혼란에 빠져들 즈음 노벨문학상 수여식이 거행되는 대조적인 현상을 겪으며 탄핵의 수렁으로 이어지는 시국을 바라보며 이념 갈등에 대한 끝없는 논쟁은 세월 속에 묻어두고 문학이 살고 정치가 살고 민주주의가 살아나 국민이 행복한 세상이 되기를 염원하여 봅니다.

젊은 시절 앞이 안 보일 때 인생은 장거리 경주라 위로하며 살아왔고 뒤늦게 대한문학세계로 등단을 하고는 내 삶의 철학을 진솔하게 표현해 보려고 부단히 노력하면서 이렇게 고희 기념으로 제2시집을 출간하게 되어 마냥 기쁜 마음으로 이제는 지금, 어디까지 왔나 뒤돌아보며 남은 인생은 언제 어떻게 될지 모르는 채 겨울새가 떠날 준비를 하듯 하나하나 내려놓는 마음으로 인생을 정리해야 할 때인 것 같습니다.

2025년 1월 시인 이동백

1부. 수상작 모음

9 _ 속절없는 그리움

10 _ 어둠을 밝힌 빛글

11 _ 별을 꿈꾸다

12 _ 미움도 사랑이었음을

13 _ 강물 위에 얹힌 풍경

14 _ 악마의 춤

15 _ 안갚음을 하고 받는 가시버시

16 _ 풍경이 된 시화

17 _ 하얀 미소

18 _ 울타리

19 _ 봄을 이기는 겨울이 없는 것처럼

20 _ 고목에도 꽃이 피어나듯

21 _ 찬비 연가

22 _ 단비 오는 날의 흐노니

23 _ 벼랑에 선 천년 지기

24 _ 하늘 같은 내리사랑

2부. 바람 따라 물 따라 길 따라

26 _ 여행은

27 _ 자연에 걸린 시화

28 _ 낙강정, 나각정

29 _ 희방폭포

30 _ 무섬외나무다리

31 _ 남원의 전설

32 _ 된내기 골에 핀 10월의 설화

33 _ 무창포 진풍경

34 _ 조강(祖江)

35 _ 도심 속 허파

36 _ 주객이 전도된 사찰 풍경

37 _ 태백산 눈꽃 축제

38 _ 축제의 계절

39 _ 휴(休)의 철학

40 _ 명승고적 여행

41 _ 여강은 알고 있다

42 _ 목은문화제

43 _ 태백으로 피서 여행

44 _ 문학기행

45 _ 유유자적

46 _ 평창으로 피서 여행

47 _ 무대 이동

48 _ 송년 행사장 가는 길

3부, 가슴이 시키는 대로

50 _ 동백문학관

51 _ 시인

52 _ 가을엔

53 _ 억새

54 _ 해가 가고 달이 가도

55 _ 별들의 전쟁

56 _ 삶의 애환을 녹여 낸 노래는

57 _ 풍류 사랑

58 _ 나를 살게 해준 연탄

59 _ 사색의 뜨락에서

60 _ 모르는 일

61 _ 행복한 삶을 위하여

62 _ 보랏빛 향기

63 _ 시 짓는 지금

64 _ 봄, 나는 봄이다

65 _ 괴테, 파우스트처럼

66 _ 파란만장

67 _ 그리움이란

68 _ 고향, 그곳은

69 _ 한여름 밤의 꿈

70 _ 멀어져야 보이는 것들

71 _ 평생을 사귀는 친구

72 _ 추억으로 먹는 팥죽

73 _ 아버지의 흔적

74 _ 내 인생을 위하여

4부, 나이 듦의 여유

76 _ 나의 길은 내 운명

77 _ 말의 향기

78 _ 그냥

79 _ 호연지기(浩然之氣)

80 _ 소문만복래(笑門萬福來)

81 _ 숨어있는 겸손 속에는

82 _ 노송(老松)처럼

83 _ 국보 제132호 징비록

84 _ 누구를 위한 전쟁인가?

85 _ 풀어 놓고 싶은 보따리

86 _ 인생은 종합예술

87 _ 인과응보(因果應報)

88 _ 새빨간 거짓말

89 _ 잣대

90 _ 때론 거꾸로 도는 세상

91 _ 행동하는 선비정신

★ 목차 ★

92 _ 안개 자욱한 세상

93 _ 아끼지 말아요

94 _ 생각 차이의 혼란

95 _ 종족 번식

96 _ 오는 정 가는 정

97 _ 유산(遺産)의 철학

98 _ 비교할 수 없는 비교

99 _ 내가 글을 쓰는 이유

100 _ 稼亭(가정) 先祖(선조) 遺訓(유훈)

5부, 남기고 싶은 이야기

102 _ 고향으로 가는 길

103 _ 첫눈과 첫사랑

104 _ 내 마음에 흐르는 봄날

105 _ 사랑의 철학(哲學)

106 _ 사랑 꽃

107 _ 오월의 여신

108 _ 꽃과 임

109 _ 별이 빛나는 밤

110 _ 내가 꽃이라면

111 _ 노래의 맛과 시의 멋

112 _ 2월은

113 _ 술

114 _ 지금 여기에서

115 _ 길

116 _ 밤을 잊은 그대에게

117 _ 그리움

118 _ 사과꽃 당신

119 _ 참 고마운 인연

120 _ 어머니 백수연

121 _ 화양연화

122 _ 나는 옛날 사람

123 _ "소년이 온다"

124 _ 노벨문학상

125 _ 사랑도 이별도 그리움인 것을

본문
시낭송
감상하기

QR코드 스마트폰으로 QR 코드를 스캔하면
시낭송을 감상할 수 있습니다

제목 : 미움도 사랑이었음을
시낭송 : 최명자

제목 : 고목에도 꽃이 피어나듯
시낭송 : 박영애

제목 : 가을엔
시낭송 : 최명자

제목 : 시 짓는 지금
시낭송 : 박영애

제목 : 아버지의 흔적
시낭송 : 박영애

제목 : 소문만복래(笑門萬福來)
시낭송 : 장화순

제목 : 풀어 놓고 싶은 보따리
시낭송 : 전선희

제목 : 내가 글을 쓰는 이유
시낭송 : 조한직

제목 : 고향으로 가는 길
시낭송 : 박영애

제목 : 참 고마운 인연
시낭송 : 박남숙

제목 : 어머니 백수연
시낭송 : 박영애

본문 시낭송 모음

영상은 YouTube 정책 또는 운영 관리에 따라 삭제될 수도 있습니다.

시인은 자연을 이야기하고 시낭송가는 자연을 품었다
글자는 날개를 달아 언어로 날고 소리는 자연에 눕는다

1부. 수상작 모음

인생을 살면서 상을 받는다는 것은
큰 기쁨입니다.
국민학교 시절에 상을 받아본 후
회갑이 지난 다음 많은 상을 받게 되어
큰 영광입니다

속절없는 그리움

헤어날 수 없는
눈먼 끈에 묶인 천륜은
내 안에
기대와 갈등의 가슴앓이로
아린 영혼에
애증의 강이 흐른다.

*주제 : 자식(아들 딸)
2021 짧은 詩 짓기 전국 공모 은상 수상작

어둠을 밝힌 빛글

바늘과 실이 만나 한 땀 한 땀
줄기와 이파리를 만들 듯
닿소리 홀소리는 뼈와 살이 되어
숱한 꽃송이로 피어나
하얀 설렘을 주네

가로줄 세로줄 동그라미 빗금이 어우러져
그믐밤별처럼 초롱초롱한 글이 되어
동살처럼 온 누리를 비추고
오롯이 품고 있는 뜻은 없는 길을 만든다.

마루 아래 뉘 어느 곳에서
이토록 소름 돋을 먹빛 만남이
눈을 열어 감치는 느낌으로
춤사위를 펼치는 어울림을 녹여낼까

닿소리 홀소리가 만들어낸
거믄 즈믄 온 일흔두 개의 글귀는
별이 되고 구름이 되고 바람이 되어
소리 없는 울림으로 가슴에 남아
겨레의 얼로 살아 숨 쉬고 있다.

*순우리말 글짓기 주제: 가갸 가갸날(한글 한글날)
한글 창제 572 (2018)주년 기념 전국 시인 공모전 은상 수상작.
* 빛글 : 세상 사람들의 빛, 곧 길잡이가 되는 글을 쓰라는 뜻
* 숱한 : 아주 많은 * 동살 : 새벽에 동이 터서 훤하게 비치는 햇살
* 온 누리 : 온천지의 순수한 우리말 * 오롯이 : 모자람이 없이 온전하게
* 마루 : 하늘의 우리말 * 뉘 : 세상의 옛말
* 감치는 : 잊히지 않고 늘 마음에 감돌다 * 거믄 : 만에 해당하는 우리말
* 즈믄 : 천에 해당하는 우리말 * 온 : 백에 해당하는 우리말
* 얼 : 정신의 줏대

별을 꿈꾸다

별처럼 반짝이는
시어를 낚으려
심연의 바다를 유영하는
풍류객은
허기진 그리움 찾아
먼 유랑의 길을 떠난다.

*주제: 시인
2022 짧은 詩 짓기 전국 공모 장려상 수상작

미움도 사랑이었음을

잎이 떨어진 고목처럼 겨울에 갇혀
발길 끊긴 아홉 남매를 그리워하며
모로 돌아눕는 멍한 시선

바람 잘 날 없던 애증의 세월
우여곡절을 감싸고 아우르며
삶의 밧줄을 움켜잡던 옹이 진 생애

먼 길을 돌아 백수를 바라보는 지금
버거워 보이는 여생이 안타까워
생각에 잠기면 가슴이 미어집니다

둥지를 품던 어머니의 포근한 정
갚지 못한 마음은 천근만근
감정을 건드려 상처가 되었던 미움도
내 안에서 나를 흔들던 격정의 시간도
노을을 바라보며 뒤돌아보니
뜨거운 영혼을 울리는 사랑입니다.

*주제 : 사랑(부모 가족 연인)
2022 신춘문학상 전국 공모 금상 수상작

제목 : 미움도 사랑이었음을
시낭송 : 최명자
스마트폰으로 QR 코드를 스캔하면
시낭송을 감상할 수 있습니다

강물 위에 엊힌 풍경

선인들의 지혜가 숨 쉬는 구름다리
산모퉁이 휘돌아온 강물 위에 앉아
세월을 노래하며
시간을 동여매 붙들고 있는데

동과 서를 사이에 두고 놓인 외길
만나면 반가움에 건네는 눈빛
슬쩍 비켜서는 마음속엔 정이 묻어나고

그리움의 허기 달래던 기억 저편에
가물거리는 타다만 상처가 쓸쓸히 웃는데
흘러간 그리움 짊어진 나그네
돌아서는 발길 망설이게 하는 섶다리

*주제: 섶다리
2018 향토문학 작품 경연대회 동상 수상작(대전충청지회)

악마의 춤

오감으로도 감지할 수 없는
형체도 없는 것이
영혼을 비틀려는 섬뜩한 춤사위에
덧난 세월 구멍 난 가슴만 탄다.

*주제: 코로나 19
2020 짧은 詩 짓기 전국 공모 금상 수상작

안갚음을 하고 받는 가시버시

할머니의 가슴 같은 살붙이의 텃밭에
씨앗을 뿌리고 가꾸는 일처럼
살속은 오달진 일이다

거미줄처럼 얽혀 이어진
피붙이를 챙기는 가시버시는
위로는 어버이를 섬기고
아래로는 아들딸을 보듬으며
퍼내도 퍼내도 마르지 않는 옹달샘처럼
또바기 다솜으로 삶이 구순하다

한살이를 사노라면
굴레의 덫에서 허우적대며
물로도 끌 수 없고 불로도 태울 수 없는
엇갈리고 사무칠 일이 없겠냐마는
살가운 몸짓으로 아람치를 다 해야 한다

가시버시는 아라 같이 넓은 사랑으로
마음눈을 크게 뜨고
아궁이에 군불을 지피듯 애면글면하면서도
언제나 생각의 불을 켜놓고
소리 없는 소리에 귀 기울이려 한다.

*주제: 효도 / 2022 순우리말 글짓기 전국 공모 동상 수상작
* 안갚음 : 자식이 커서 부모를 봉양하는 일
* 가시버시 : 부부를 예스럽게 이르는 말
* 살붙이 : 혈육으로 가까운 사람
* 살속 : 세상을 살면서 느끼는 재미. 세상을 살아가는 맛
* 오달지다 : 마음에 흡족하게 흐뭇하다 * 또바기 : 한결같이
* 다솜 : 애틋한 사랑 * 구순하다: 말썽 없이 의좋게 잘 지내다
* 한살이 : 일생 * 살가운 : 마음씨가 부드럽고 상냥하다
* 아람치: 자기가 차지하는 몫. 자기의 차지가 된 것 * 아라 : 바다
* 마음눈 : 사물을 살펴 분별하는 능력
* 애면글면: 몹시 힘에 겨운 일을 이루려고 갖은 애를 쓰는 모양

풍경이 된 시화

호숫가에 보따리 풀어 놓고
늘어선 글쟁이들

그 앞을
서성이는 나그네

귀한 물건 찾아보려는 듯
세월을 잊네.

*주제: 시화
2024 짧은 시 짓기 공모전 장려상 수상작

하얀 미소

마곡사 정문 해탈문을 지키는
금강 역사상 문수동자상과 눈인사 하고
속세를 벗어나 불계의 마당으로 들어선다.

두 번째 천왕문은 불법을 수호하는
사천왕의 올바른 인도를 마음에 새기며
더 깊은 불법의 진리로 향하라 하는 듯한데

쇠 북 종을 바라보며 극락교를 건너오니
대광보전 앞 석탑에 매달린 풍경 사이로
지나가는 바람이 하얀 미소를 건넨다.

대광보전 위에 앉아 있는 대웅보전 옆
'그대의 발길을 돌리는 곳, 이란 문구는
깊은 생각에 젖어보라는 울림으로 남는데

옹이가 썩은 나무는 삶의 의미 일러주고
노승의 독경 소리 목탁 소리는
사바세계의 고통을 잊으라 하는데

움켜쥔 마음 내려놓지 못하면서
허세와 위선의 탈 벗지도 못하면서
고목의 빈 가지 사이의 허공에 귀를 열고
소리 없는 소리를 들으려 한다.

*2018 신인문학상 수상작

울타리

안채에서 멀다 하여 내 것이 아니더냐
오고 가는 발걸음에 잠든 혼 깨어나는 그곳
내일을 건져 올리는 보물섬이다.

*주제 : 독도
2019 짧은 詩 짓기 전국 공모 동상 수상작

봄을 이기는 겨울이 없는 것처럼

예쁜 꽃이 피어도 울지 못하는 새처럼
억울한 영혼들의 환생인 양
온 누리에 각각의 색깔로 피어나는 들꽃처럼
향기를 풍기는 정치가 되기를 바람은
모든 국민이 인지상정일 것입니다

손바닥으로 하늘을 가릴 수 없는 것처럼
위정자들의 독선으로 인한
칼바람의 혹한 속에서도
민중은 민주화라는 꽃을 피워냈듯이
북풍한설은 춘풍을 막지 못하는 것입니다

국가나 우리 인생의 삶이나
긴 고통의 세월을 잘 견디어 내면
꽃이 피고 새가 우는 봄날이 오는 것처럼
정의와 공정으로 평화로운 세상이 되도록
다 함께 지혜로워져야 하겠습니다

위정자들이 국민의 가슴에
하늘과 땅의 기운이 따뜻하게 느껴지게 할 때
우리는 묵정밭을 일구는 마음으로
흙의 숨소리에 귀 기울이며
사랑의 씨앗을 싹틔우게 될 것입니다.

*주제: 봄(꿈과 희망을 주는 내용)
2023 신춘문학상 전국 공모 장려상 수상작

고목에도 꽃이 피어나듯

보랏빛 향기 흩어지는 봄날이 돌아오면
라일락꽃 그늘에 앉아
아름다운 선율 따라 흐르는
꾀꼬리 노래 같은 詩 낭송을 듣는다

계절이 오면 오고 가면 가는가 보다
무덤덤해질 나이가 되었건만
뺨을 스치는 보드라운 바람결 따라
화사한 색깔로 핀 꽃을 보노라면
얼굴엔 화색이 돌고 입은 벙그러진다

봄, 그 신비로운 마법에 걸려
희망으로 피어나는 작은 함성들은
詩心을 깨우려 야윈 내 감성을 흔든다

꽃다운 청춘은 번개처럼 지나갔건만
고목에도 예쁜 꽃이 피어나듯
등이 휠 것 같던 삶의 지게 벗어 던지고
못다 이룬 꿈 찾아 영혼을 태워보리라.

*주제 : 봄(꿈과 희망을 주는 내용)
2024 신춘문학상 전국 공모 은상 수상작

제목 : 고목에도 꽃이 피어나듯
시낭송 : 박영애
스마트폰으로 QR 코드를 스캔하면
시낭송을 감상할 수 있습니다

찬비 연가

멀쩡한 내 마음을 흔드는 가을비가
소리 없이 가슴으로 스며들어
흘러간 세월의 추억을 지우며
마른 영혼 달래주려 합니다.

잔잔한 호수에 떨어지는
수많은 동그라미의 속삭임은
빈 가슴 허기 채워주지 못해
찻잔을 마주하고 묵상에 잠깁니다.

비에 젖어 떨어진 낙엽들은
그리움에 젖은 내 마음인 양
밟혀도 숨죽인 채 울지 못하고
스쳐 가는 바람을 붙잡고 애원합니다.

*주제: 가을비
2019 향토문학 작품 경연대회 동상 수상작(대전충청지회)

단비 오는 날의 흐노니

옛날 어렸을 때
도롱이를 걸치고 들로 나가시던
아버지의 뒷모습이 어렴풋이 떠오르고

비 그친 숲속을 헤매며
앞치마 가득 고사리를 꺾느라
함초롬히 옷을 적시던 어머니

살붙이 먹여 살리려 아등바등하던
찰가난의 시름은 아이들 웃음소리에 잊고
애면글면하면서 한 살매 살아낸
어버이의 다솜

애타게 기다리던 비가 내리는 날
시골집 아궁이에 군불을 지피며
다소니와 도란도란
옛일을 흐노니 하며 살속에 빠져본다.

*주제: 비
2023 순우리말 글짓기 전국 공모 장려상

*우리말 뜻
*흐노니함 : 그리워함
*도롱이 : 짚, 띠 따위로 엮어 허리나 어깨에 걸쳐 두르는 비옷
*살붙이 : 혈육으로 가까운 사람
*아등바등 : 무엇을 이루려고 애를 쓰거나 우겨대는 모양
*찰가난 : 여간하여서는 벗어나기 힘든 혹독한 가난
*애면글면 : 몹시 힘에 겨운 일을 이루려고 갖은 애를 쓰는 모양
*한 살매 : 평생   *다솜: 애틋한 사랑   *살속: 세상을 살면서 느끼는 재미

벼랑에 선 천년 지기

솔향 솔솔 풍기는 산막이옛길
깎아지른 절벽에 매달린 백년송
말 한마디 건네지 못한 채
오가는 이의 시선을 유혹하며
지나가는 발길 멈추게 한다.

사시사철 푸르름으로
하나의 꿈을 심어주는 소나무는
내 마음 그대에게 머무는 동안
붙잡고 놓아 주지 않는 여운은
바람에 흔들리고 세파에 흔들릴 때
변하지 않는 푸른 정신일 게다.

화려한 꽃으로 소리 내지 못해도
잠들지 않는 영혼의 눈물 멈추게 하는
꽃보다 더 은은한 향기로
시린 가슴을 파고들어
무딘 나의 얼을 일깨운다.

*주제: 소나무
대한창작문예대학 제9기 졸업 작품 경연대회 동상 수상작

하늘 같은 내리사랑

어두워져야 빛나는 별을 볼 수 있는 것처럼
깊은 밤 생각에 빠져 나달을 돌이켜보며
멍울로 걸리는 구멍 난 가슴을 하얗게 태운다

한여름 밤 마당에 멍석을 깔아 놓고 둘러앉아
삶은 감자, 옥수수를 맛있게 먹을 때
메케한 모깃불을 피워 모기를 쫓아주고
부채질을 해 주던 다솜은 끝이 없었다

한 살이 바람막이 되어 지켜주었건만
너무 멀리 와 돌아갈 수 없어 그리움 사무칠 뿐
그지없는 피붙이의 사랑 안갚음할 길 없다

텅 빈 듯 넓고 깊은 하늘 같은 마음으로
애오라지 살붙이를 위한
어버이가 밟고 간 발자국을 따라
걸어가는 나는, 삶의 에움길을 되새김한다.

*주제: 하늘
2024 우리말 글짓기 공모전 동상작

*우리말 뜻
* 내리사랑 : 자식에 대한 부모의 사랑 * 나달 : 흘러가는 시간
* 다솜 : 애틋한 사랑 * 한살이 : 세상에 태어나서 죽을 때까지의 동안
* 그지없는 : 끝이나 한량이 없다 * 피붙이 : 혈육으로 볼 때 가까운 사람
* 안갚음 : 자식이 커서 부모를 봉양하는 일
* 애오라지 : 겨우, 또는 오직을 강조하여 이르는 말
* 살붙이 : 혈육으로 볼 때가까운 사람
* 에움길 : 굽은 길, 에워서 돌아가는 길
* 되새김 : 지난 일을 다시 떠올려 골똘히 생각하다

2부, 바람 따라 물 따라 길 따라

방방곡곡의 명소를 찾아 발길 따라 흘러 다니던
방랑시인 김삿갓처럼은 아니더라도
오라는 곳은 없어도 갈 곳은 많은 풍류객이고 싶다

여행은

낯섦을 즐기는 설렘처럼
미지의 세계로
먼 길 떠나는 여정은
새로운 눈을 뜨게 하는
체험의 보고이며
추억의 낭만을 만드는
산실처럼
삶을 풍요롭게 하고
영혼을 살찌우는

여행은 인생이고 인생은 여행이다

자연에 걸린 시화

해운대 동백공원에서 시작되어
각 지역의 명소에 전시되었던 시화가
대청댐 아래 공원 강가에 걸렸다

한 땀 한 땀 가슴으로 풀어낸
소절마다 사연을 품은 글이
그리움의 빛깔로 시인의 감성이 묻어난다

늦가을의 정취에 빠져들게 하는
흩날리는 단풍의 여운처럼
옷깃을 여민 여인의 발길을 붙잡는다

시화가 걸린 수변 데크길을 걷는 낭만은
퍼내도 마르지 않는 강물처럼
누군가의 영혼을 촉촉이 적시고 있다.

낙강정, 나각정

야자수 주단을 깔아놓은
등산로를 따라 정상을 향하는
길가에 웬 몽돌이 밟힌다

수억 년의 비밀을 간직한
몽돌이 박혀 있는
암석의 신비가 눈길을 끄는
240.2m의 나각산

출렁다리와 정자의 비경 앞에
펼쳐진 풍경은
태백 황지 연못에서 앞서온 물과
뒤서온 물이 어우러진
푸른 강줄기

고장의 명소를 찾아 떠다니던
옛 방랑시인 김삿갓처럼
나, 여기를 찾았다.

희방폭포

여름새가 떠나가고
예쁘던 단풍도 낙엽 되어 쓸쓸한데
고요를 가르는 물소리가
소백산 골짜기에 울려 퍼진다

연화봉에서 친구들을 데리고
내려오던 물줄기가
겁도 없이
수직 절벽으로 굴러떨어진다

그 노랫소리는 내 마음과
희방사를 향하는
중생들의
찌든 마음을 씻어주려는 듯
영혼을 맑게 해 주는
청량제처럼 가슴을 파고든다.

무섬외나무다리

무섬마을에 왔다

육지 속의 섬처럼
내성천에 둘러싸인 마을에서
외부와의 소통의 통로

들에 일하러 다니는 외나무다리를 건너
무섬마을이 한눈에 들어오는
힐링의 산책길을 돌아오니
꽃 같던 아이들이 학교 다니던
길고 긴 외나무다리가
넓은 천에 가로놓여 있다

물에 어릿어릿 어질어질
혼자서 감당해야 할 숙명의 길
오고 가는 긴 행렬은
슬쩍 비켜주는 겹 다리에서
인정을 느끼게 한다

삶의 애환이 서린 외나무다리
추억을 소환하는
낭만의 명소가 되어
여행객의 발목을 잡아당긴다.

남원의 전설

꿈에 그리던 춘향의 고장
먼 길을 달려 찾아온
남원 땅의 향기 어린 광한루

익어가는 봄기운에
푸르스름하게 물들어 가는
수백 년 묵은 버드나무가
실바람에 춤을 추며 반기는 4월

호수에 떠 있는 듯
물에 어리는 오작교에서 바라보는 풍경
춘향의 넋이 고요히 깃든 광한루원

젊은 두 남녀의 애틋한 사랑은
요천의 강물처럼 영원히 흘러
찾아드는 나그네 발길을 붙든다.

된내기 골에 핀 10월의 설화

눈부신 아침 햇살에
영롱한 이슬이 반짝이는 드넓은 초원
하얀 팝콘을 뿌려 놓은 듯
환상의 광경이 펼쳐지는 곳

사잇길을 걸으며 들려오는
가을 향기에 취한
꿀벌들의 윙윙거림은
꿈속인가 하는 착각이라도 좋다

산허리가 온통 황홀한 정경
행복에 취한 시선이 모아지는
시간을 저장하는 포토존
흰 물결이 파도치듯 일렁인다

거니는 연인들의 옷자락에서
낭만이 묻어나는 풍경을 훔쳐보는
내 마음을
한쪽의 붉은 메밀꽃이 눈길 빼앗는다.

*된내기골: 메밀밭이 펼쳐진 곳의 지명
(청주시 낭성면 추정리)

무창포 진풍경

한 해가 저물어 가는 성탄절 이브날
친구들과 찾아온 무창포 해변
물이 가득 찬 섬과 섬 사이로
붉은빛 노을을 만든 해가 바다로 떨어진다

성탄절 아침 바다를 바라보니
가득 찬 바닷물이 점점 줄어들더니
그 많던 물은 어디로 가고
둥둥 떠 있던 섬으로 바닷길이 열렸다

그 길가엔 굴을 따고 조개를 캐는
진풍경이 펼쳐지고
물 울타리가 걷힌 석대도 땅을 밟아본 후
낯설게만 느껴지는 풍경을 되돌리려고
밀려갔던 바닷물이 점점 차오른다

신비로운 우주의 현상이 만든
밀물과 썰물의 조화가
색다른 광경으로 나를 황홀케 한다.

조강(祖江)

거꾸로 흐르는 강을 아시나요?
수천만 년, 지금처럼, 훗날에도
매일 두 차례 양방향으로 흐르는 강

그 옛날
거세게 여울지며 흐르는 물길 따라
물산을 실어 나르던 배는 간 곳 없고
보이지 않는 철책을 넘나드는
새들은 자유롭건만
바라만 보아야 하는 형제들의 한

애기봉에 올라
머~언 산 아래 고향땅 그려보는
실향민의 마음 조강은 알리라

도심 속 허파

내 인생 처음이자 마지막일지도 모를
서울 강남, 매봉산 원형광장에 앉아서
주말, 시민의 여가를 스케치한다

유독 맨발로 걷는 사람이 많고
물결 타기, 스트레칭 보드 등
가벼운 운동을 하는 모습이 활기차다

단풍이 고운 숲속으로 거미줄처럼 연결된
산책로를 따라 걷는 사람들
새처럼 자유로이 힐링을 즐긴다

바삐 움직이는 대로의 사정은 모르는 듯
도심 속의 쉼터는 망중한
육신과 영혼을 정화시켜주는
약방의 감초처럼 꼭 필요한 공간 같다.

주객이 전도된 사찰 풍경

빼어난 전망의 터에 앉은 수종사 대웅전
고요를 깨트리는 풍경소리가
쨍그랑쨍그랑 내 잠든 정신을 깨운다

북한강과 남한강에서 흘러온 물이
산과 산이 마주 선 골짜기를 가득 채운
두물머리의 아스라한 풍경이 펼쳐진다

수백 년을 지켜온 은행나무는
들려오는 목탁소리에 취해
도도하게 흘러가는 강물의 절경을 바라보며
가는 세월을 놓치고 있는 듯하다

운길산 중턱에 자리 잡은 법당은 수려한데
그저 눈앞에 펼쳐진 경이로운 풍경에 빠져
잠시 소원성취 기도는 잊은 채
알 수 없는 마법에 걸린 듯
세상사 덫에서 벗어난 것처럼 내가 서 있다.

태백산 눈꽃 축제

한겨울의 정취를 느낄 수 있는
당골 광장의 황홀경
구름처럼 몰려드는 인파의 행렬

꿈에 그린 그림처럼
흰 벽화에 새겨 놓은 단군상
눈 조각 작가의 섬세한 손길

사르르 녹아내려 버릴 조바심에
서둘러 찾아온 내 마음 들킨 듯
풍경을 담느라 여념이 없는 관광객

언제 또 올 기약 없는 이 자리는
훗날 꺼내볼 추억거리가 될
하얀 설국은 녹지 않을 테니까

축제의 계절

온 산이 울긋불긋 옷을 갈아입는
계절이 돌아오면
나는 가을사랑을 찾아 길을 떠난다

상큼한 능금 한입 베어 물고
국화 향에 취해도 보고
억새의 은빛 물결에 감탄도 하며
외줄 타는 바우덕이에 홀리기도 한다

볼거리 즐길 거리 먹을거리가 가득한
살맛 나는 세상은
삶의 풍요로움으로 만선이다

정성을 들여 가꾼 각각의 작품들로
알차게 꾸민 보따리 속에는
눈과 코와 입을 유혹하는 야릇한
나를 부르는 가을은 온통 축제장이다

휴(休)의 철학

진정한 쉼을 얻기 위해선
물욕에서 헤어날 때 번뇌에서 벗어나고
명리를 멀리할 때 유유자적하리라

남의 부귀영화를 탐내지 말고
산수의 경치에 심취할 때
무아지경의 경지에 도달할 수 있으리라

마음속 걸어 잠근 빗장을 풀고
한잔 술에 시를 읊조리며 달을 희롱하면
온갖 세속의 번거로움은 잊으리라

운치나 격조는 멋과 품위를 느끼게 하듯
쉼에서 서정적 허기를 채울 때
인생은 향기로움이 가득해 지리라

명승고적 여행

보이지 않아도 바람결을 느낄 수 있듯
옛 성현의 정취가 배어 있는
명승고적을 찾아 길을 떠난다

글을 읽고 시를 쓰며 한 시대를 흔들던
선비정신이 흐르는 수려한 풍광은
욕망의 늪에서 헤어나 선경에 매료된다

앞서간 영혼들의 흔적을 더듬으며
계곡을 휘감는 물소리 바람소리 새소리의
운치에 취해 심연에 빠져들게 한다

격조 높은 문화 예술이 살아 숨 쉬는
깨달음의 언덕을 오르며
잠근 빗장을 풀고 자아를 찾으려 한다

여강은 알고 있다

선조의 흔적을 더듬으려
목은 이색 선생 추모제에 참여한 후
일가들과 둘러본 신륵사 경내 유적

나라의 보물 제230호
왕과 부모에 대한 충효 사상을 고취한
대장각기비
보고 읽고 듣는 학생이 되고

세상의 회오리바람이 일 때
임을 향한
꺾일 수 없는 그 절개는
님의 등불이 되어 후세에 전해지고

강바람이 전하는 비가를 품고 있는
저 향나무는 청청하건만
강물처럼 흘러간 영혼의 발자취
비석에 새겨 놓은 이 자리에
후손들의 애틋한 발걸음 영원하리라

목은문화제

강물은 쉼 없이 흘러가도 강은 남아있듯
무수한 세월이 흘러간다 해도
훌륭한 발자취는 세상에 영원히 남아
후세의 자랑으로 새롭게 살아난다

고려말 대사상가이자 문학가이신
목은 이색 선생의 큰 업적을 기리기 위해
목은문화제가 격년으로 성대히 열린다

황금 들판이 펼쳐진 청명한 가을날
각처에서 달려온 한산 일가들
지역 주민과 관광객들이 어우러진 한마당
영덕군민의 자긍심을 높이고
우리 문중의 영광인 축제에 참여했다

영해 괴시 민속 마을을 둘러보고
이색 선생의 흔적이 서린 기념관을 답사하며
숭고한 선조의 역사를 되새기게 한다.

태백으로 피서 여행

삼복더위가 온 세상을 달구던 어느 날
고원 도시 태백을 향해 길을 달린다
차 안은 쾌적하여 피서는 시작된 셈이다

"백두대간 두문동재"에 도착하니 섭씨 22도
선선한 기온이 한여름을 잊게 한다
탐방로 아저씨가 긴팔 옷을 입어야 한다고
이어서 "매봉산 바람의 언덕"으로
넓은 비탈밭의 채소가 싱싱하다
젊은 시절 준고랭지 배추 농사를 짓던
나를 떠올리며 저 배추 농사를 하는 농부들
그 애환을 생각하면 가슴이 먹먹해진다

차 끌고 능선까지 올라와 사방을 둘러보는 풍경
풍력발전기 날개 위로 흘러가는 흰 구름
가을 냄새가 나는 바람결
찜통더위를 피해 힐링 속으로 빠진다.

문학기행

박경리의 소설 "토지"와
대하드라마 "토지"를 접한 적이 없어
슬며시 부끄러운 마음이 들었다

평사리 최참판댁
박경리 문학관을 둘러보고
문학의 위대함에 놀랐다

보고 듣고 읽으며 느끼는
억누를 수 없는 여운은
허기진 서정을 비집는다

소설 "토지"를
스캔하면서 느끼게 되는
시대적 삶을 녹여낸 인생은, 역사 속으로
도도히 여울지며 흘러만 간다
섬진강의 강물처럼, 그렇게

유유자적

고요한 산속은 새와 짐승도 벗이 되고
바위 절벽 풍경에 취해 있을 때
말 없는 흰 구름 머리 위에 머물다 가네

바람과 구름의 정취를 즐기다 보면
세속에 물든 찌든 때 낀 마음
계곡 폭포수에 몸을 담근 듯 사라지고

운치와 격조는 멋과 품위를 더해주는데
둥실 떠오르는 달을 희롱하듯
술잔을 마주하고 시 한 수 읊조린다

오직, 명리에서 해탈할 수 있을 때
오묘한 자연 산수의 경치에 매료되어
공과 사의 구속에서 벗어나
심신의 안정으로 자유로울 수 있으리라

평창으로 피서 여행

절기는 못 속인다는 말이 있으나
처서가 지났음에도 찜통더위가 식을 줄 몰라
"청옥산 육백 마지기 전망대"를 찾았다

역시 한낮에도 섭씨 23도로 태양은 빛을 잃어
시원한 바람결이 나를 놓아주지 않아
떠나기 싫은 발걸음을 봉평으로 옮겼다

축제를 준비하는 메밀밭에는
어느덧 많이 자란 메밀이 몽우리를 키우고
성급한 사람들의 발길은 "가산 이효석"의
문학을 더듬으려 기웃거린다

문학이 흐르고 풍경이 아른거리는 평창은
계절이 바뀐 "메밀꽃 필 무렵"이 되면
하얀 그리움이 달빛 언덕으로 임을 부르리

무대 이동

종종 고향 집 뜨락에서 오손도손
식도락을 즐기며 술잔을 들던
우리 4형제 부부, 모처럼 자리를 옮겼다

푸른 파도가 밀려오는 10월의 후포
바다를 배경으로 즉석 식탁에 둘러앉아
연예인처럼 싱싱한 회 파티를 즐겼다

가끔은 색다른 무대에서
영혼을 힐링할 시간이 필요한 것처럼
가슴을 활짝 열어 보았다

근사한 자연을 향유하는 무대 이동은
멋과 맛에 취해 낭만을 건져 올리며
행복한 인생을 찾으려는 우리의 바람이다

송년 행사장 가는 길

이른 아침에 창밖을 보니
목화송이 같은
함박눈이 펑펑 내린다

여전히 백설이 펄펄 내리는 길을
거북이처럼
엉금엉금 기면서 도착한 그곳
예술의 전당 앞 공원엔
쌀가루를 뿌려 놓은 듯
그리움처럼
흰 눈이 소복이 쌓여 있다

전국 각처에서 기차 타고, 버스 타고
달려온 반가운 얼굴들
새벽부터 먼 길 달려온 고생은
어느새 씻은 듯이 잊어버리고

환한 모습 들뜬 미소로
눈 내리는 풍경 담아온 이야기로
훈훈한 표정에는
정겨운 마음들이 모여 있었다.

3부, 가슴이 시키는 대로

마음이 가는 대로 글을 쓰는 일은
아마도 가슴이 시키는 일인가 봅니다
좋은 글로 독자들의 많은 사랑 받을 수만 있다면
좋겠지만 큰 욕심 안 부리고
글을 쓰는 일이
스스로의 위안이 되는 것만으로도
행복한 일인가 합니다.

동백문학관

예스러움이 풍기는
산속의 허름한 집
찾아오는 이 없다 해도

초라하지만
나, 좋아서 글 쓰고
하고 싶은 일 하는 공간

이곳은
작은 꿈들이 소곤거리는
나의 놀이터

봐줄 임 없는
어느 영마루 연분홍 꽃처럼
나, 서럽지 않다

시인

글을 쓰고 싶은 열정이 있다면
나이 직업 귀천 빈부 학력
아무것도 묻지도 따지지도 않습니다

우리는 누구나 시인이 되어
읽는 이의 가슴을 찡하게 울릴
시를 지을 수만 있다면

잔잔한 그대의 가슴을
가시처럼 콕콕 찌를 수 있어
허기진 감성을 채워줄 수 있다면

시라는 문학으로
인생을 그려내는 삶의 철학으로
내 여윈 영혼에 위안이 되어 주는

시인! 참 멋진 이름입니다.

가을엔

가을엔
단풍이 시가 되고
낙엽 지는 소리가 시가 됩니다

가을엔
스며드는 바람에
억새가 흐느껴 울고
그 울음소리는
내 마음인지도 모릅니다

가을엔
멀쩡한 사람을 울적하게 만들고
보낼 곳도 없는
편지를 쓰게 합니다

가을엔
누구나 시인이 되어
여며둔 그리움을
눈으로 가슴으로 시를 씁니다

제목 : 가을엔
시낭송 : 최명자
스마트폰으로 QR 코드를 스캔하면
시낭송을 감상할 수 있습니다

52

억새

하얀 꽃을 피우기 위해 억새는
모진 비바람에 허리를 추스르고
햇빛 달빛을 가두며 울었나

예리한 칼날을 세우고도
몸을 눕히며 흔들린 것은
견뎌 내려는 몸부림인 것을

초록 이파리 출렁임보다 근사한
은빛 물결로 생을 마감하려고
질곡의 한 세월 목말라 했나

해가 가고 달이 가도

꽃 보면 기쁘고 잔 들면 정답다

꽃 속엔 사랑이 숨어 웃고
마주한 술잔에 어리는 추억은
그대와 어울린 낭만 시절이 그리워
나그네 빈 가슴에 여울이 진다

몸은 늙어도 마음은 청춘인 것을

별들의 전쟁

캄캄한 밤하늘엔 별들이
저마다 더 밝게 빛나 보이려고
반짝반짝 빛을 내는 것처럼

미스터트롯을 보며
노래를 잘 부르는 이가 왜 이리 많아
하며 감탄하게 한다

빛나는 별이 되고 싶은
절절한 몸부림처럼
쏟아내는 한 소절 한 소절의 간절함은

가슴을 아리게 하는 울림으로
파도처럼 밀려와
내 마음 깊은 곳을 저미게 한다.

삶의 애환을 녹여 낸 노래는

노래를 들으면
감성을 건드리는 마술에 걸린 것처럼
슬프지도 않은데 눈물이 난다

노래를 들으면
가난한 마음을 적셔주는
가사에 담겨 있는 음절의 울림이
고요한 호수에 던져진 돌처럼
내 가슴에 파문이 인다

노래를 들으면
하지 못한 내가 하고픈 이야기를
대신해 주는 것처럼
내 삶의 냄새를 맡는 것 같다

노래를 듣는 것만으로도
사는 이유를 이해할 수 있고
상처받지 않고도 사랑할 수 있는 것처럼
심금을 울리는 선율은
위안이 되고 기쁨이 되어
내 영혼을 파고든다

풍류 사랑

오묘한 자연을 향유하며
고요를 훔치는 시객은

깊이를 가늠할 수 없는
사색의 바다에서
바람 같은 시어를 낚아

심오한 빛깔로 향기를 그려
하얀 영혼의
감성을 두드리며

못다 이룬 꿈을 찾아
유랑의 먼 길을 떠난다

나를 살게 해준 연탄

해마다 눈보라 치는 한 겨울이 오면
내 삶의 젊은 날
생의 디딤돌이었던 연탄배달
그때가 생각나 감회에 빠져듭니다

혹한에도 목에 땀수건을 걸치고
그 무거운 연탄 짐을 짊어지고
오층 아파트 계단을 오르내리던
생존을 위한 처절한 몸부림

아내가 배달하는 비좁은 쌀가게 방
초롱초롱한 눈빛의 두 아들을 보면
불끈 힘이 솟아오르던 열정
나도 모르게 생겨난 초능력의 힘

묵묵히 버텨낸 그 세월이 있었기에
지금, 창 넓은 거실에서
흰 눈이 흩날리는 풍경을 바라보며
막막했던 그때를 회상하여 봅니다.

사색의 뜨락에서

세월은 세상을 바꾸고
청춘을 등지게 해도
상념의 뜰에는 바람이 인다

구 남매 키워 낸
가슴 저미는 아버지의 애환
애증의 이랑을 세던 어머니
한 많은 숙명의 세월

속절없는 옹이 진 아픔도
애잔한 그리움으로 윤색되어
황혼의 내 영혼을 울린다.

모르는 일

우람한 고목이 어느 날 갑자기
비바람 눈보라에 꺾일지
여리고 어린나무 중
어떤 나무가 거목으로 자랄지

인연이 악연인지 필연인지
생각이 언제 어떻게 바뀔지
숙명과 운명의 짐을 짊어진
세상사 인생사

알 수 없는 바람의 방향처럼
언제 누가 어떻게 될지
우리네 인생살이
너나 나나 모르는 일 모르는 일

행복한 삶을 위하여

우리는 이 세상에 태어남과 동시에
인생이라는 공부를 하는 학생이 되어
평생 배움을 멈추지 말아야 합니다

가슴 뛰는 삶을 살기 위해서는
큰 꿈, 큰 그림 안에서
독특한 나만의 뭔가를 그려봐야 합니다

너무 늦게 깨닫지 않으려면
언제 멈출 줄 모르는 하늘이 준 운명이기에
근사하게 시간을 쓸 궁리를 해야 합니다

물처럼 바람처럼 살기 위해서는
마음의 상처를 치유하는 사랑이란 이름으로
가슴을 여는 용서가 필요합니다

좋아하는 사람과 함께 걷는 길 위에서
인내라는 지혜를 터득하다 보면
숨어 있는 평화를 누리게 될 것입니다

보랏빛 향기

라일락꽃 뜨락에 앉아
아득한 기억 속 그대를 생각하며
설운도의 노래 "보랏빛 엽서"를 듣는다

꼭꼭 눌러쓴 손 글씨에
향기 품은 사연을 보내고
답장을 기다리던 젊은 날의 회상

라일락꽃 피는 사월이 오면
보랏빛 연서를 쓰며 설레던 가슴
잊힐 리야 있으련만

되돌아갈 수 없는
청춘 시절의 낭만을 떠올리며
그윽한 그 그리움의 세월에 젖어 든다

시 짓는 지금

강산이 여섯 번이나 바뀐 뒤에
어쩌다 시인이 되어
만월의 달빛 같은 시를 짓기 위해
마땅한 글귀를 찾으려 쪽배를 띄웁니다

그로 인해 내세울 것 없던
내 삶의 과거를 극복하게 해준 글쓰기는
정말 좋아하는 취미생활이 되어
내 인생의 방향을 바꿔 놓았습니다

글을 쓰는 일이
비록 배를 부르게 하는 일은 아니라지만
영혼이 풍요로워지는 것만으로도
헛되이 보내는 세월은 아닐 것입니다

그믐밤별처럼 빛나는 글로
세상을 이롭게 할 수는 없을지라도
아직, 풀지 못한 숙제라 해도
내 맘은 지금 꿈같은 달밤입니다.

제목 : 시 짓는 지금
시낭송 : 박영애
스마트폰으로 QR 코드를 스캔하면
시낭송을 감상할 수 있습니다

봄, 나는 봄이다

철이 없어 어린 시절 덤벙덤벙 댔고
뒤늦게서 정신 차려 살아보겠다고
거센 파도치는 바다에서 돛단배로 항해하듯
아슬아슬 살아낸 젊은 날들이었다

되돌아갈 수 없는 멀고 먼 에움길을 돌며
몸 고생 마음고생 속에 한숨을 쉬며
꺼질 줄 모르고 타오르는 불꽃처럼
열정으로 덤벼들었던 격정의 세월이었다

삶이란 고생 끝에 낙이 온다고 했던가
인생은 새옹지마라 하던가
밝은 태양이 떠 있는 날들이 많았기에
희망의 불씨 살려내기를 반복했다

나, 이제 몸은 겨울로 향하고 있지만
글을 쓰는 마음속엔 춘몽을 꾸며
세상을 풍자하고 대자연의 신비에 취해
세월을 낚는 지금이 봄날인가 합니다.

괴테, 파우스트처럼

강물은 흘러가도 강은 남아있듯
사람은 떠나도
서정의 향기가 깃든
향기로운 글은
세월 속에 머물며
잊힌 듯 세상에 남아
읽는 이의 가슴을 뭉클하게 만든다

파란만장

짧은 듯 길고 긴 인생 여정에는
사연 없는 사람 없고
만고풍상 속에서도 꽃은 핀다

천태만상 요지경 속 세상엔
삶의 한때를 흔들던
희로애락의 소용돌이에 맴돈다

짓궂은 운명 털어놓고 싶은 맘
들어 줄 누군가가 있다면
맺힌 응어리 풀릴 수도 있으련만

토해내지 못하고 묻어 둔 사연
하소연이라도 하고 나면
맑은 바람이 지나간 듯 시원하리라

그리움이란

호수에 잠긴 잊을 수 없는 고향처럼
꿈속에서나 그려보는
지워지지 않는 영상입니다

무지갯빛 청춘을 잃어버리기 싫어
흩어지려는 낭만을 부여잡고
목말라하는 애원입니다

감당할 수 없는 뜨거운 사랑을
멀리 두고만 있어야 할 때
회오리치는 사무침입니다

속절없이 먼 곳으로 떠나보낸 임을
오지 않을 기차를 기다리듯
사모하는 이별의 진혼곡입니다

인생의 덫에 걸린 짓궂은 운명
허기진 갈증으로 애를 태우는
미움과 사랑의 가슴앓이입니다

고향, 그곳은

나이가 들면 저절로 고개가
돌아간다는 그곳은

봄이면
온갖 꽃들이 피고 질 때
뻐꾸기 노래하고

여름이면
캄캄한 밤하늘 별빛 쏟아질 때
반딧불이 춤을 추고

가을엔
호주머니는 가난해도 마음은
보름달처럼 풍요로웠던

겨울엔
논 얼음판에서 썰매 타고
연 날리며 뛰놀던

고향, 그곳은
영혼을 쉬게 하는 안식처다

한여름 밤의 꿈

내 꿈이 무르익던 푸르른 시절
깜박이는 별바다를 바라보며
꿈을 꾸던 여름밤이 떠오르곤 한다

메케한 모깃불 냄새가 코끝을 스칠 때
반짝이는 반딧불이를 잡으려고
어둠 속을 쫓아다니던 그때는
심살내릴 일 없어
설익은 꿈이 살포시 서리기도 했다

휘영청 둥근달, 부르면 내려올 듯
쏟아지는 달빛에 젖는 밤이면
어느 하늘 아래 있을 내 임을 그리며
언젠가 만날 설레는 밤을 보내기도 했다

사라졌다 떠오르는 분홍빛
꿈에 그린 그림이 꿈으로 날아간다 해도
내 마음에 생각의 날개를 펼쳐주었던
텅 빈 듯 넓고 깊은 밤하늘은
그대를 찾는 꿈, 그리움에 빠지게 했다

멀어져야 보이는 것들

가까이서 보면
보이지 않는 강산 풍경처럼

멀리 떨어져 있어야
그리워지는 애틋한 사랑처럼

한참을 지나서 돌아보았을 때
아름다운 낭만으로 느껴지듯

지금은 가시덩굴을 지나는 것 같아도
지나고 나면 윤색되어 추억이 되듯
인생의 삶도 그러하다

평생을 사귀는 친구

주고받는 다정스러운 눈빛을 통해
우리의 마음은 흩어졌다 모이고
때론 영혼과 영혼을 서로 붙잡는다

긴장을 풀어주는 부드러운 공감대와
격렬한 논쟁에 불을 붙이기도 하며
지친 몸을 위로 하고 받으며
인생이란 철학에 빠져들기도 한다

다가갈수록 가시에 찔리기도 하고 찌르며
엉킨 실타래를 풀어나가면서도
바람이 불면 서로 든든한 바람막이가 된다

서로의 마음을 읽어가며 느낄 수 있는
평생을 사귀는 좋은 친구와는
늘 손해 보는 거래를 해야 하는 사이다

추억으로 먹는 팥죽

밤이 점점 길어지는 매듭 달
북풍한설 몰아치던 그 옛날 어린 시절
늘 허기지던 여러 남매 먹이려고

동짓날이면 떠오르는 풍경
가마솥 한가득
붉은 팥죽을 끓이시던 어머니

옹기종기 모여 앉아 먹고 난 후에도 또
수시로 먹고 또 먹던 그 맛
나이 든 지금도 잊지 못하여

해마다 이맘때 그 맛을 보지 못하면
왠지 서운할 것 같은 생각에
미리부터 아내를 졸라 칭얼대 본다

아버지의 흔적

고향 집에 들어서면 고목이 된 커다란
밤나무 은행나무 잣나무가
시골집을 지키던 아버지처럼 말없이 반겨준다

하늘나라로 가신 지가
아무리 오래되었다 해도
내 영혼 속 아버지의 영상이 잊히지 않는다

물려주신 소중한 터를 함께 가꾸며
향유하는 즐거움으로
천만년 이어지는 가문의 영광이길 소망하며

돌담 안 뜨락, 앞마당 원탁에 둘러앉은
우리 4형제 부부들은 종종
술잔에 옛 추억 불러들여 이야기꽃 피운다

제목 : 아버지의 흔적
시낭송 : 박영애
스마트폰으로 QR 코드를 스캔하면
시낭송을 감상할 수 있습니다

내 인생을 위하여

매일 아침에 눈을 뜨면, 일어나
거울을 보며
나는 멋지게 사는 사람이다
라고 외치며
마법 같은 힘을 불러보자

우리는 모두 특별한 사람
특유의 멋과 독특한 개성을 지닌
심장이 뜨거운 한 사람 한 사람

나, 자신을 존중하고
강렬하게, 뜨거운 응원을 하며
숨은 잠재의식을 일깨워
의미 있는 나만의 삶을 위하여
매일 파이팅을 외치자

4부, 나이 듦의 여유

삶과 세상사를 관조하며
지나온 세월을 뒤돌아보는 여유를
글로 표현하여 담아내는 일
그, 또한 행복이리라

나의 길은 내 운명

한평생을 살아가는 동안
수많은 갈림길의 변곡점에서
어떤 길을 택할지 망설이게 하듯

어느 방향이
가시밭길인지 꽃길인지 모르는 채
가슴이 시키는 대로 가야만 하는 길

숙명을 걸머진 나의 인생길은
누구도 대신해 줄 수 없는 목숨처럼
스스로 풀어가야 하는 숙제일 뿐

내 선택의 길 위 희로애락은
감당하고 책임져야 하는
그 무엇도 누구도 탓할 수 없는
오직, 내 인생은 나의 몫인 것을

말의 향기

멋진 말을 골라서 하면
돈 한 푼 안 들이고 인심을 쓰며
엔도르핀을 돌게 한다

무거운 침묵보다 부드러운 말은
마음의 문을 열게 하여
행복 바이러스를 퍼트린다

시린 가슴 데워줄 따뜻한 말은
아픈 영혼을 달래주고
웃음꽃 피워 평화를 선사한다

문화를 연결하는 통로인 말은
격을 드러내는 그릇으로
얼이 담긴 말은 향기를 지닌다.

그냥

눈빛만으로도 알 수 있고
음색만으로도 느낄 수 있듯

보고 싶어 그리워하는
사랑의 기쁨과 미움의 애달픔을
아울러 그려내는 그림처럼

그냥, 이라는 말 속에는
호수에 비친
하늘의 구름 같기도 하고
밤하늘의 별빛처럼
소곤거리기도 하고
강물처럼 흘러가기도 하는

그냥, 이라는 말속에는
헤아릴 수 없이 많은 의미가
숨겨진 채 마음속을 서성인다.

호연지기(浩然之氣)

진리와 정의감에서 나오는 용기요

당당하게 맞설 수 있는
불타오르는 선비의 기상이다

광명정대함에서 솟구치는 의기요

하늘을 우러러 부끄러움이 없고
죽음도 두려워하지 않는
늠름하고 호탕한 선비정신이다.

소문만복래(笑門萬福來)

웃음은
사랑을 꽃피우는 씨앗으로
엔드로핀이 분비되어 행복을 만들고
행운을 불러오는 희망의 표정입니다

웃음은
돈도, 품도 들지 않는 명약으로
상처 난 가슴을 치료하여 주고
자신감을 북돋아 주는 에너지입니다

웃음은
모든 것을 긍정적으로 돌아서게 하여
부드러운 관계를 유지하게 하며
인생의 운명을 바뀌게 합니다

웃는 상은
복을 불러와 삶을 평화롭게 하고
좋은 인상으로 멋진 삶을 살게 하는
얼굴에 피는 아름다운 꽃입니다.

제목 : 소문만복래(笑門萬福來)
시낭송 : 장화순
스마트폰으로 QR 코드를 스캔하면
시낭송을 감상할 수 있습니다

숨어있는 겸손 속에는

실천하기가 쉽지 않은 겸손을
실행에 옮기려면
가끔은 자신을 낮출 수 있어야 한다

나를 낮추는 게 쉽지 않음은
자신의 존재를 확인하는 수단인
마음속에서 꿈틀거리는
자존심이라는 게 버티고 있기 때문이다

나를 초라하게 만들기도 하는
자존심을 버리고 나를 낮추면
아름답고 귀하게 보일 때도 있다

자신을 낮추는 사람의 깊은 곳엔
곱게 간직한 자존감이 자리 잡고 있으며
그 자존감은 거부감을 일으키지 않는
겸손이라는 단어와 연결되어 있다

노송(老松)처럼

만고풍상을 겪으며 자란 바위 위 소나무
틈새에 뿌리를 내리며 살아낸 노송은
세월이 만들어낸 걸작(傑作)입니다

평범하지 않은 삶을 살아온 인생
사유의 골이 깊을수록
글이, 구구절절 가슴을 파고들게 하듯

"문학은 불행한 나무에서 꽃이 핀다"는
문구가 문득 떠오르는 까닭은
파란만장한 삶을 보고 듣고 겪으며
살아온 굴곡진 인생에서
우러나오는 진한 감정을, 글로 묘사하여
읽는 이의
가슴을 뭉클하게 하듯

눈보라 속에서도 청청한 노송은
세월이 만든 작품인 것처럼
하루아침에 이루어지는 명작은 없습니다.

국보 제132호 징비록

역사를 알기 위해, 배우는 일이 곧
나라를 사랑하는 일이라는 것을
우리 국민은 알아야 하기에
국보로 지정해 놓은 도서이리라

꼭 읽어야 할 사람들은 읽기에 게으르고
치욕스러운 역사를 안겨준
일본인들의 베스트셀러였다는 것은
주객이 전도된 교훈이 아닐까?

"시경"에 "내가 지난 일의 잘못을 징계하여
뒤에 환란이 없도록 조심한다"
이것이 바로 "징비록"을 저술한 까닭이라고
서애 류성룡은 목적을 밝힌 것을

국가의 미래는 역사의 자식이기에
국사를 논하는 위정자들은
뒤돌아봐야 할 역사에 눈을 부릅떠야
민족의 자존을 드높이는 미래가 있으리라

누구를 위한 전쟁인가?

위정자들이 벌이는 명분 없는 힘의 논리인가
서로 내 말을 듣지 않는다는 설득을
폭력으로 해결하려는 방법일 뿐인 전쟁

죄 없는 쌍방의 국민이 겪게 되는 피해
이기고 지는 쪽이 없는 게임인 것을
더 큰 증오심만 남게 될 엄청난 상처

미망인과 고아 부상자들의 아우성
살아있는 모든 것들을 파괴하며
사방에 피가 튀는 살육의 땅으로 만드는

과연 무엇이 옳고 그르단 말인가?
정치가의 잔꾀에 내동댕이쳐지는 국민
그 억울함은 누구를 위한 싸움이란 말인가

새삼 다른 나라의 전쟁을 보며
오직 평화를 사랑하는 정치가 되기를
국민은 염원하리라

풀어 놓고 싶은 보따리

우리는 누구나 예외 없이
보따리를 안고 살며
나름 소중하거나 별난 물건을
풀어 보여주고 싶어 한다

남의 보따리 안의 물건엔
본척만척하면서도
그저 자기 보따리만 풀어 놓으려
안달을 하기도 한다

귀하든 천하든 각자의 보따리 속에는
수많은 삶의 애환 녹아 있건만
속 시원히 풀어 놓지 못해
이곳저곳 기웃거리기도 한다

풀어도 풀어도 다 풀지 못한 응어리
바람결에 풀어 헤치면
속이 시원하련만 끌러보지도 못한 채
보따리 안고 사는 게 인생인가 보다.

제목 : 풀어 놓고 싶은 보따리
시낭송 : 전선희
스마트폰으로 QR 코드를 스캔하면
시낭송을 감상할 수 있습니다

인생은 종합예술

사노라면
춤추며 노래하고
슬픔에 잠겨 눈물 흘리며
연기인 양 감정 추슬러야 한다

때론, 파도타기를 하듯
묘기를 부리며
바다를 유영하듯 아슬아슬한 삶

캔버스에 꿈을 그리고
에세이를 쓰고 시를 쓰며
삶의 영상을 담아내는 우리는
초능력을 지닌 예술인이다

인과응보(因果應報)

법이라는 잣대를 빌려
남을 해치면
우선은 통쾌할지 모른다

그 법은 올가미가 되어
나를 해치는
무기로 둔갑 될 수도 있다

앎과 힘으로 고통을 주는 것처럼
정당치 못한 비열한 처신은
돌고 돌아 나를 가둔다

준 것은 받게 되기도 하고
받으면 주는 것처럼
내가 못하면
세상이 되돌려 주기도 한다
그러기에 지금 좋다고
마냥 웃을 일이 아니다

새빨간 거짓말

유명 아나운서가 사망했다는 부고
인기가수 모 씨가 이혼했다고
정치인의 언행이 이러쿵저러쿵
등등 등, 등~
얼토당토않은 이야기가
유튜브에 올라온다

말도 안 되는 말 말 말들의 잔치
팩트 체크가 안 된 허상들이
올라왔다 바람처럼 사라지곤 한다

진짜가 가짜로 둔갑하고
가짜가 진짜로 왜곡되는
무엇이 맞고 무엇이 틀린 건지
알다가도 모를 헷갈리는 세상

공자님, 석가님, 예수님,
세상이 이상하게 돌아가고 있는데
어떡하면 좋단 말입니까?

성현의 말씀에 지혜로운 답이 있다네

잣대

우리의 마음속에는 두 개의 자가 있다
나를 재단하는 척도와
상대방을 재는 척도가 다른 것이다

상식과 공정이라는 판단도
내가 하면 상식이지만
남이 하면 몰상식이 되는 것처럼

같은 일도 내가 하면 잘한 일이 되고
남이 하면 잘못한 일이 되는 것은
마음속의 기준이 움직이기 때문인가 보다

만인에게 공정과 상식이 통하는
잣대가 적용될 수만 있다면
불평불만이 없는 평화로운 세상이 되련만

때론 거꾸로 도는 세상

법이 필요 없는 착한 사람은
약삭빠른 사람의 노리개가 되고
힘이 없는 약한 사람은
힘센 자들의 먹이가 되는 세상

올바르고 의로운 자라고 해서
영리하고 성실하다고 해서
반드시 성공하거나
행복할 수 없는 것처럼

때론 거꾸로 돌아가는 세상을
뒤집으려면
지혜로운 머리로 바른 판단을 해야 하듯

잘난 사람의 거짓에 현혹되어
넘어가지 않으려면
독수리처럼 예리한 눈으로 멀리 보고
냉철한 귀를 열어 넓게 들어야 하리

행동하는 선비정신

목숨이 두려워
바른말을 하지 못 한다면
마땅히 의관을 벗어던져야 한다

직언의 쓴소리는
백성을 위한 사명감으로 똘똘 뭉친
선비의 몫이어야 한다
청렴 강직한 선비정신이야말로
부정부패를 척결하며
백성들의 불평불만을 잠재울 힘이다

임금도
옳은 말로 직언하는 선비를
함부로 죽이지 못함은
하늘과 땅이 지켜보는 까닭이다

안개 자욱한 세상

새벽녘 모락모락 피어오른 안개가
온 세상을 희뿌옇게 덮는 것처럼
지구촌 곳곳의 정국이 앞이 안 보인다

평화로운 세상을 외치는 위정자들
공정과 자유는 입에 발린 소리일 뿐
옹고집을 부리는 독불장군 행세다

존중과 사랑은 외면한 채
서로 제 말 안 듣는다고 벌이는 싸움에
죄 없이 죽어가는 영혼들의 아우성
수렁에 주저앉은 인생은 빛을 잃었다

어느 세월에 답답한 안개 걷힌
파란 하는 아래 웃음꽃 피울 날 오려나
청량한 바람아 세차게 불어다오

아끼지 말아요

고래도 춤춘다는 칭찬을 많이 하면
내 인생이 바뀔 수 있는 것처럼
칭찬을 싫어하는 사람은 없습니다

미소를 머금은 모습은 보는 이를
기분 좋게 하는 것처럼
나 자신도 모르게 즐거워집니다

좋은 옷을 아끼다 헌 옷 되듯
맛있는 음식을 아끼다 부패하듯
멋진 말 아끼다 임 떠나가는 것처럼

내가 남을 인정해 줄 수 있을 때
그도 나를 존중해 주는 것처럼
우리 좋은 것은 아끼지 말아요.

생각 차이의 혼란

서로 공감할 수 있는 대화는 나눌수록
따듯한 온기를 만들지만
생각이 다른 주제를 꺼내면
냉기가 돌아 얼어버리는 것처럼

예수는 맞고 석가가 틀린 것이 아니라
석가도 맞고 예수도 맞는 것이 될 때
우리는 평온한 이야기가 오고 간다

노벨문학상을 받은 작품, 작가를
비평, 비난하면 돋보이는 걸까?
아니면, 사촌이 땅을 사면 배가 아픈 걸까?
생각의 다름에서 오는 차이처럼
물고 물리는 끝없는 논쟁은
혼란을 일으키는 진 수렁에 빠트리기에

상대방의 생각을 손바닥 뒤집듯
설득하던지
아니면 설득을 당하던지
이도 저도 아니면 잠자코 있으면 좋으련만

종족 번식

세상에서 제일 듣기 좋은 울음소리는
엄마의 품속에서 나오자마자 터지는 으앙
생명, 그 신비로운 탄생은
가정을 살리고 사회를 살리고 나라를 살린다

출산율이 점점 감소하는 현실은
서서히 나라가 망해가는 징조인 것을
지도자들은 훗날의 국가 번영을 위해
기꺼이 출산장려정책을 펼쳐야 한다

사람이 으뜸인 세상이 어쩌다가
애완동물은 애지중지 보듬으면서
자식 낳아 키우기를 꺼리는 세상이 되었는지

끈질긴 생명력으로 씨앗을 퍼트리는 잡초처럼
모든 동식물이 번식을 추구하는 자연처럼
우리 젊은 꽃들이여 어서어서 짝을 찾아
꽃을 피우고 열매 맺어 씨앗을 퍼트려 주길

오는 정 가는 정

먼저 다가와 아는 체하면
받아 줄 줄 알아야 하고
받았으면 답을 하는 것이
인지상정인 것을

소통하는데 위아래가
무슨 소용이던가?
먼저 보면 건네는 게
인사인 것을
받고도 줄 줄 모르고
주고도 받지 못한다면
마음의 문이 닫히게 되고

오면 가고 가면 오는 인정 속에
향기로운 사람 냄새 솔솔 피어오르듯
예의는 덕이 되고 사랑인 것을

쉬운 듯 어려운 게 정이더라

유산(遺産)의 철학

뿌리가 튼실하면 잎이 무성하고
잎은 뿌리로 가는 자연의 이치처럼
물려받은 소중한 유산
가꾸고 누리다
남겨놓고 떠나야 하는 삶
자연과 닮은 인생의 숙명인 것을

물려받고 물려준다는 것은
영혼과 영혼의 교감으로 이어지는
보아도 보이지 않는 혼의 영역

미물도 불멸을 추구하는데
만물의 영장인 인간은
옹달샘 물처럼
마르지 않기를 바람은
온 인류의 소망이라는 것을
시대가 바뀌고 세상이 변한다 해도
영원불멸의 인생철학이리라

비교할 수 없는 비교

조선 중기 최고의 시인이자 독서광
그의 생애와 문학의 향기가 깃든
문화유산의 보고 "독서왕 김득신 문학관"

겨우 500여 권의 책을 읽고 난 후
글짓기 하며 강산이 변하지도 않은 세월
나, 좋아서 가꾸며 꾸며보는 "동백문학관"

고문(古文)을 11만 3천여 번 읽은 저력
어찌 감히 흉내 낼 수 있단 말인가
끊임없는 열정으로 이뤄낸 업적인 것을

문학기행은 잠든 혼을 죽비로 맞은 것처럼
위대함과의 비교는 심장을 찌르는 가시처럼
몽롱한 정신을 번쩍 눈뜨게 한다.

내가 글을 쓰는 이유

진정으로 소확행을 찾기 위해선
즐기며 좋아하는 일을 해야 하는 것처럼
삶과 자연의 오묘한 서정을 표현하는
내 가슴이 시키는 일이기 때문입니다

잔잔한 호수에 돌을 던져야 파문이 일듯
그냥, 끝없는 생각의 모닥불을 피워놓고
사색의 경지에 몰입되어
예술의 눈을 떠 보고 싶은 까닭입니다

가끔은 글을 짓는 행복한 고뇌에 빠져
향기로운 글의 맛과 멋을 즐기며
삶을 갈무리하는 석양 앞에서
인생을 뒤돌아볼 수 있기 때문입니다

때로는 깊이를 헤아리는 철학의 눈으로
내 삶의 궤적을 여백에 담아보며
소풍 끝내고 천상으로 떠나는 그날까지
영혼을 활활 태워보고 싶은 까닭입니다.

제목 : 내가 글을 쓰는 이유
시낭송 : 조한직
스마트폰으로 QR 코드를 스캔하면
시낭송을 감상할 수 있습니다

稼亭(가정) 先組(선조) 遺訓(유훈)

형제간은 과하게 다투고 난 뒤에도 돌아서면
남는 감정이 없다는 말이 있는 것처럼
자손들은 항상 평화롭게 지낼 궁리를 해야 한다

때론 허기진 영혼의 굶주림 채울 수 없어
인내에서 풍겨야 할 지혜가 허공에 흩어질 땐
맑은 정신으로 흔들리는 마음 꼭 잡아야 한다

존중과 사랑으로 허물은 덮어주며
헝클어진 실타래 푸는 묘책은 양보에서 찾아내고
넓은 가슴으로 하늘과 땅의 이치를 깨달으며

선조들의 덕과 삶의 철학을 겸허히 받아들여
겸손을 미덕으로 심오한 진리를 찾아
봄바람 같은 인화를 실천하며 유훈을 유념하기를

"我之子孫(아지자손) 百代至親(백대지친)"
나의 자손들이여, 백대가 지나도 친하게 지내거라.

5부, 남기고 싶은 이야기

생각의 불을 켜놓고
사랑과 이별을 노래하며
나 혼자의 독백인 인생철학을
사색 하는 시간은
헛되이 늙지 않고 싶은 인생의 바램이리라

고향으로 가는 길

나이가 들면
저절로 고개가 그쪽으로 돌아간다고 하듯
생각만으로도 그립고 정겨운 고향
황혼이 되어 지워지지 않는 흔적을 따라나섰다

어머니가 땔감을 머리에 여다 장에 팔고
미역 한 잎 사 들고 바삐 오던 길
상당산성 동문 밖에서 나를 낳아
치마폭에 싸안고 넘던 고갯길은 여전하다

아버지와 암소를 몰고 두런두런 걷던
중봉을 지나 상봉재를 넘을 때
선바위 지켜보고 산새들 노래하던
뫼는 그대로인 채,
등산객의 발길 넘나드는데

세월이 바꿔 놓은 터널로 금세 달려가건만
등산화 끈 조여 매고 회상에 젖어
유년의 또렷한 기억을 더듬으며
눈시울이 뜨거워지는 것은
다시 돌아올 수 없는 인생길 같은
애잔한 애환에 노을만 곱게 물들어 간다

제목 : 고향으로 가는 길
시낭송 : 박영애
스마트폰으로 QR 코드를 스캔하면
시낭송을 감상할 수 있습니다

첫눈과 첫사랑

첫눈이 오면
보고픈 그대를 만나
손잡고 마냥 걸어보고 싶다

첫사랑은
세상을 덮은 새하얀 눈처럼
가슴 설레게 한다

첫눈은
언제 올까 기다려지게 하고
첫사랑은
마음 깊은 곳에 간직한 채
그리움으로 애타게 한다

목화송이 같은 첫눈이
펑펑 내리는 날은
첫사랑을 만나던 순간처럼
영혼이 들뜬 듯 황홀해지는
뜨거운 감정이 닮아 있다

내 마음에 흐르는 봄날

해마다 4월 이맘때면
하얀 등불을 켜고
소리 없이 다가오는 목련이여

내 인생의 봄날은
목련처럼 타오르는 불꽃이여
시나브로 지고 말지언정

가슴속에서 꿈틀거리는
설렘의 몸살은
고목에도 꽃을 피우고 싶듯

꿈속에서라도
쿵쾅거리는 심장 또 느껴보고 싶건만
그 또한 일장춘몽인 것을

사랑의 철학(哲學)

꽃은 나비와 하나가 되고
씨앗은 땅과 하늘의 조화로 싹을 틔우듯
홀로 이루어지는 열매는 없습니다

내가 너를 좋아하고 네가 나를 좋아할 때
반쪽과 반쪽이 온전한 하나가 되는
로맨스는 인연의 정점입니다

바람이 구름을 만나도 엇갈린다면
우리의 만남이 소중하다 해도
그대가 내 가슴을 어루만져주지 않는다면
무슨 소용이겠습니까?

N극과 S극이 운명처럼 만날 때
우연은 필연이듯, 서로 달라붙는 자석처럼
몸과 마음, 영혼까지도 하나가 되는
뜨거운 그 이름은 사랑입니다.

사랑 꽃

기적을 만들어 내는 아름다운 꽃
가정을, 세상을, 너와 나를
잔잔한 미소를 자아내게 하는 웃음꽃

나를 사랑하게 만들고
만나는 사람들에게 기쁨을 주고
카멜레온처럼 색깔을 바꾸게 하는 꽃

피어나는 꽃처럼 향기가 풍겨
가슴을 부드럽게 감싸는 선함으로
훈훈한 인정이 피어나게 하는 꽃

변화를 일으키는 사랑의 힘은
꽃처럼 얼굴에 생기가 넘치게 하여
아름다운 열매를 선사하여 준다.

오월의 여신

여왕의 계절이 오면
방금 샤워하고 나온 색시의 고운 모습처럼
탐스러운 꽃송이들의 두근거리는 속삭임이
담장 넘어 지나가는 발걸음을 머뭇거리게 한다

어린 신부의 입술을 닮은 보드라운 꽃잎은
내 무딘 마음에 경련을 일으키고
행여 함부로 덤벼들지 못하도록
가시를 숨겨둔 채 은은한 향기를 풍긴다

숨길 수 없는 황홀한 자태는
유혹의 시선만 붙잡아 둔 채
저미는 가슴 빈자리로 스며들어 반란을 일으킨다

천 개의 기쁨과 천 개의 슬픔으로 피어난
꽃송이들의 어울림은
닫힌 마음의 문을 열고 심장을 건드려
내 삶의 감성을 두드린다.

꽃과 임

꽃은 임이요 임은 꽃이라
모양이 다르고 향기가 다르니
바라보는 나를 황홀하게 한다

그윽하고 우아함에 유혹되어
아름다운 매력에 빠지는 것처럼

눈길을 빼앗기는 게
죄는 아닐진대
꽃은 나 몰라라 하는구나

보는 것만으로도 눈 호강에
마음이 즐거우니
어느 누가 마다 하리오

별이 빛나는 밤

여름 마당에 깔아놓은 멍석에 누워
초롱초롱 빛나는 별을 보며
황홀한 꿈을 꾸던 내 어린 시절

불빛이 없는 깊은 산속 오지에서
별이 빛나는 밤의 세계를
가슴으로, 눈으로 담아 보고 싶다

캄캄한 밤하늘에서만 펼쳐지는
우주의 신비한 현상
반짝이는 사연은 누구의 이야기일까

사계절 별자리가 움직이는 신비를
다시 한번 보고 싶은 까닭은
유년의 서정적 낭만을 그리워함이라

내가 꽃이라면

내가 만약 꽃으로 피어난다면

봄이면 라일락꽃으로 피어
그대에게 보랏빛 향기로
다가갈래요

여름엔 백련 홍련으로 피어
그대에게 맑은 향기를
선물할래요

가을엔 하늘거리는 코스모스로 피어
그대와 함께 낭만을
노래할래요

겨울이 오면 애잔한 그리움 담은
붉은 동백꽃으로 피어
하염없이 그대를 기다릴래요.

노래의 맛과 시의 멋

노래의 맛은 애간장을 녹여
가슴으로 듣게 하고
시어엔 멋이 숨어 있어
글 속에 향기를 머금게 한다

노래는 음성으로 표현하는
소리예술이라면
시는 영혼으로 빚어내는
글의 기교인가?

날개가 달린 노래와
낭만과 서정이 흐르는 시는
나의 감성을 자극하는 삶의 에너지

인생은 노래가 되고 시가 되어
바람처럼 강물처럼
멈추지 않고 흘러만 가는데

2월은

뿌리에선 바삐 물을 길어 올려
잠든 나목을 흔들어 깨우고
흙 속엔 귀를 세운 씨앗들 꿈틀거린다

입춘이 지나 분명 봄이건만
춘래불사춘인가
얄궂은 북풍이 몰고 온 심술은
하얀 눈으로 계절이 뒷걸음치게 한다

때가 되었나 하여 고개 내밀던 꽃은
깜짝 놀라 움츠려 꼼짝 못 하고
따듯한 바람이 찬바람 몰아내길 기다린다

2월은 꽁지 털이 빠진 닭처럼
뭔가 조금 아쉬운 듯하지만
나는 단 한 달뿐인 그 여백을 좋아한다.

술

우리 언제 술 한잔할까?

술 한잔하자는 이야기는
그 말속에
외로움과 그리움이 숨어 있다

주고받는 술잔 속에는
추억이 어리고
사는 이야기가 녹아내린다

우리네 삶이 술처럼
술술 넘어갈 수 있을 때
인생은 꿀맛처럼 술이 달다

지금 여기에서

아름다운 공간 이곳에서
서로 공감할 수 있는
정겨운 이야기 나누며
좋은 사람들과 함께할 때

우리는 따듯한 온기로
정다운 인연을 꽃피우는
향기로운 삶처럼

가끔은 세상사 내려놓고
어우렁더우렁 바람결처럼
그냥,
이렇게 사는 게 행복이리

길

길 위에도 길이 있고
길 아래도 길이 있다

천 갈래 만 갈래로 이어진 길
그 길 한복판에 서서
굴곡진 에움길을 뒤돌아보며
앞으로 나아갈 길을 바라본다

되돌아가기에 너무 멀리 왔을 땐
새로운 길을 찾아야 했고
가 보지 않은 길을 갈 땐
두려움과 걱정이 앞섰다

가지 말았어야 했던 길
가보고 싶어도 갈 수 없었던 길
헤아릴 수 없이 많은 길 중에서
내가 갈 길을 찾으려 길 위에 서 있다

밤을 잊은 그대에게

까만 밤하늘 수많은 별의 소근거림은
누구의 사랑 이야기입니까?
떠올랐다 사라지는 생각을 잡아 두기도 하고
때론, 하얗게 태워버려야 할
숨겨둔 그리움의 빛깔, 잊지 말라는 듯
반짝반짝 빛을 내는 별바다는
내 마음의 지난날을 그리게 합니다

어느 하는 아래 아득한 먼 곳에서
머릿속에 맴돌던 그림을 그리며
실타래처럼 얽혀 있던 잃어버린 그대 숨소리
마치 넋이 빠진 모습으로
끄느름한 별빛에 낯설고 멀기만 하다

어렴풋이 떠오르는 저 하는 끝에
구름 뒤에 반갑게 웃는 조각달처럼
새삼 그대를 그리워하게 하고
밤이 깊을수록 또렷해지는 별처럼
아름답던 사랑은 그리움만 남겨둔 채
같은 하늘 아래 그대는 무슨 생각에 빠져있을까?

그리움

썼다가 지워도 지워지지 않는
마음속에 묻어둔
속절없는 이름입니다

되돌아갈 수 없는 멀고 먼 곳에서
파도처럼 밀려오는
태워도 타지 않는 가슴앓이입니다

막을 수도, 잡을 수도 없는
바람 같은 그것은
영혼 속에 숨어있는 뜨거운 사랑입니다

정녕 내 마음을 아프게 하는
이별도 죽음도 아닌
그리움이란, 사무치는 감정입니다.

사과꽃 당신

당신의 어린 시절
과수원에 사과 따는 일 다닐 때
주인이 없는 틈 몰래
잘 익은 사과를 먹던 그 맛처럼

당신과 나의 남은 인생이
상큼한 맛의 삶이 되어 우리 함께
사과꽃처럼 몽실몽실 피어
향기가 솔솔 날 수 있게 살아봅시다

꽃이 져야
탐스러운 과일이 주렁주렁 열리듯
지는 것은 자연의 순리처럼
숙명인 것은 세월 속에 묻어두고

사는 동안
사과꽃처럼 화사한 모습 간직하도록
멋을 내며 지낼 수 있도록 아우르며
사과나무를 가꾸는 것처럼
우리 온 마음 다하여 살아갑시다.

참 고마운 인연

연못엔 백련 홍련꽃 피우려고
물 위에 띄운 연잎 늘려나갈 때
금계국 노란 손 흔드는 유월의 쾌청한 날

예초기 작업에 빠져있는데
아무런 약속 없이 먼 길 달려 찾아온
향기 어린 인 꽃 열여섯 송이의 낯선 행렬

외딴 숲속의 초라한 동백문학관을
멀고 먼 송악도서관 글 벗님들
하늘 길로 바다 건너 귀한 걸음 하였네

님들은 "동백꽃 연가"의 시를 낭송해 주고
쏟아지는 질문에 화답하는 나는
황홀한 꿈결인 듯 몽롱하였던 시간

또 만날 약속은 없어도 그리움 키우며
그날을 기다리는 설렘을 간직한 채
잊힐 수 없는 소중한 인연 가슴에 새긴다.

제목 : 참 고마운 인연
시낭송 : 박남숙
스마트폰으로 QR 코드를 스캔하면
시낭송을 감상할 수 있습니다

어머니 백수연

꿈을 꾸며 가꾸면 현실이 되고
함께 이루면 우리의 전설이 되어
세월 속에 녹아 강물처럼 흐르리

지난해에 이어 아우들과 어우러져
주말마다 구슬땀 흘리며
허름했던 집을 예스럽게 수리한 덕분에

나와 동갑인 정겨운 고향 집에서
오십여 명의 자손들이 모여
의미 있는 백수연을 열게 되었다

구 남매 유년 시절의 추억 속
꿈과 애환의 흔적이 남아 있는 둥지에서
복 많으신 어머니 살아계시는 동안
건강을 소망하는 마음 두 손 모아본다.

제목 : 어머니 백수연
시낭송 : 박영애
스마트폰으로 QR 코드를 스캔하면
시낭송을 감상할 수 있습니다

화양연화

청춘 시절의 가난이란 막막한 벽은
가슴을 먹먹하게 했고
세상이 내 세상인 듯
어렵게 만난 사랑의 기쁨 속에서도
헤쳐나가야 할 험난한 인생길은
숨이 막힐 듯 답답하였던 세월이었다

그래도
사랑이라는 뜨거운 인연을 부여잡고
사내답게, 두 주먹 불끈 쥐고
거센 파도치는 망망대해를
노 저어온 떳떳한 삶이었나 싶다

육십 평생이 훌쩍 지나고 나니
음악 듣고 싶으면 노래를 듣고
쉬고 싶으면 쉬고 일하고 싶으면 일하고
떠나고 싶으면 떠날 수 있고
내 생각을 글로 표현할 수 있는
지금이 내 인생의 화양연화인가 싶다.

나는 옛날 사람

나이의 앞자리에 7자가 들어가면
이미 옛날 사람
얼굴에 분칠하고
머리에 검정 칠을 한다고

고목 껍질처럼 덕지덕지 붙은
연륜의 때가 없어질 리 없듯
숨길 수 없는 나이테는 어쩌지 못한다

몸은 늙어도 마음은 청춘이라고
나이는 숫자에 불과하다고
아무리 몸부림 쳐보아도
시대를 따라갈 수 없는 정체된 틀

살아온 날만큼
켜켜이 쌓인 생각의 바다에서
헤어 나올 수 없다는 것은
영혼이 늙어가는 세월의 흔적이다.

"소년이 온다"

비극이 담긴 처절한 삶의 이야기를
영혼을 담아 그려낸 "한강" 작가의 소설
무거운 마음으로 다가가야 하는
소름 돋는 인생의 흔적이 가슴을 때린다

헌법을 수호해야 할 우두머리와 일당들은
권력욕에 눈이 멀어
총칼을 휘둘러 국민을 처참히 짓밟았다

나라가 힘없는 국민을 보호하기는커녕
아물 수 없는 상처를 품은 한을
영원히 잊히지 않도록 남겨 놓은 자국이다

문학이라는 색깔로 섬세하게 그려낸 작품에는
민초의 가슴에 한의 씨앗을 뿌린 죄,
그 씨앗은 강렬한 민주화의 싹을 틔워
훗날에도 촛불과 함성으로 또다시 살아난다

노벨문학상

바람처럼 흩어지는 너무 아픈 진실을 모아
진솔한 작가의 영혼으로
섬세하게 풀어낸 글의 힘은 위대하다

스웨덴 스톡홀름 콘서트홀에서
노벨문학상을 수상한 "한강" 작가는
나라의 위상을 높이는 위업을 이뤘다

"소년이 온다"와 "작별하지 않는다" 등
온몸으로 부딪혀 꺼낸 사실을 시적으로 묘사하여
세상을 놀라게 하는 매력을 드러냈다

문학이라는 색깔로 선명하게 그려내고
죽은 사람의 영혼을 일깨워
산 사람들에게 강렬하게 이어주는 힘이 되었다

사랑도 이별도 그리움인 것을

우리는 하늘의 인연이 되어
만났다 헤어져야만 하고
떨어져 있어야 그리워지는
그 지독한 사랑, 그리고 이별

구름을 멈추게 할 수 없는 바람처럼
여울지며 흘러가는 세월 속에
마음은 꽃처럼 피고 지고

파도처럼 끊임없이 밀려오는
영혼의 슬픈 그림자
겨울새가 떠날 준비를 하듯

인생은 노래가 되고 詩가 되어
사랑과 이별의 안타까움에
허덕이는 그리움의 물결인 것을

에필로그

캐나다 밴쿠버에 있는 서점에 들어가면 가장 눈에 많이 띄는 곳이 자서전 코너라고 하는데 익히 알려진 인물들도 있지만 대부분은 널리 알려지지 않은 평범한 사람들의 자서전이라고 합니다.

저는 58세가 되던 해 가슴속에 쌓여있던 하고 싶은 말들을 자서전이라는 이름으로 풀어 놓으니 마음이 후련하였고 60세가 되던 해에 그동안 살면서 느끼는 감정과 경험을 통해 깨달은 생각들을 산문이라는 장르로 책을 펴낸 후로는 길게 풀어쓰는 글을 짧게 응축시키는 詩라는 문학 속으로 빠져들게 되었습니다.

詩를 공부할 때는(첫 시집 출간 전 작고함) 선생님으로부터 詩도 한편의 스토리다 왜? 무엇을 전달하려 하는가? 또한 내용에 일관성이 있어야 한다고 배웠어도 실제로 글을 써보면 잘 안되는 게 현실이었습니다.

중국의 유명한 시인 "두보"는 만권의 책을 독파하니 "붓을 들면 글이 저절로 써지는 구나"라고 하였건만 책 읽기를 게을리하면서 쓰려니 독자의 가슴에 울림을 주는 종소리의 파장이 미미한 것 같습니다.

처음에 책을 펴내고 나서는 "인생에서 가장 멋진 일은 다른 사람들이 당신은 해내지 못할 거라 한 일을 해내는 것이다"라고 "월터배젓"이 한 말처럼 멋지게 살고 싶은 욕망이 숨어 있을 수도 있고, 가슴속의 응어리를 풀어내는 방도였을 수도 있으나 어쨌든, 책은 사람이고 詩는 그 사람의 인생이기에 결국 나를 드러내는 일이 아닐까 생각하며, 누군가는 글을 쓰는 일은 행복한 작업이라고 했듯이, 삶의 축을 비틀고 영혼의 치료제가 되어 위안을 얻을 수 있다면, 또한 저의 글로 인하여 누군가가 정서적 허기를 채울 수 있다면 그것만으로도 만족할 수 있는 일일 것입니다.

공교롭게도 최근에 일어난 계엄령과 노벨문학상이 겹치는 현상으로 많은 생각을 하게 되는 까닭은 죽은 영혼들이 산 사람에게 큰 영향을 미친다는 사실과 보이지 않는 문학이라는 위대한 힘이 그러하다 "한강" 작가의 "소년이 온다"와 "작별하지 않는다" 등 사실적 진솔한 묘사를 시적으로 표현하여 세계적으로 큰 감동을 준 작품들을 접하며 깊은 울림이 저의 가슴을 파고드는 것입니다.

제가 언제까지 글을 쓰게 될지 모르지만, "하려고 하면 방법이 보이고 하지 않으려면 변명이 보인다"는 필리핀 속담처럼 그 무엇도 탓하지 않고, 가만히 있으면 아무 일도 일어나지 않듯 늘 생각의 바다에서 詩 문학의 소용돌이에 빠진 채 남은 생을 보내며 노을처럼 물들다 스러지는 구름 같은 삶이 되기를 바래봅니다.

2025년 2월 시인 이동백

미움도 사랑이었음을

이동백 제2시집

2025년 2월 18일 초판 1쇄
2025년 2월 20일 발행
지 은 이 : 이동백
펴 낸 이 : 김락호
디자인 편집 : 이은희
기 획 : 시사랑음악사랑
연 락 처 : 1899-1341
홈페이지 주소 : www.poemmusic.net
E-Mail : poemarts@hanmail.net

정가 : 10,000원
ISBN : 979-11-6284-586-8